Komm in meine Arme

Ein Poesiealbum von

Funny van Dannen

WILHELM HEYNE VERLAG
MÜNCHEN

Die Originalausgabe erschien 1998
bei Verlag Antje Kunstmann GmbH, München

Umwelthinweis:
Diese Buch wurde auf chlor- und säurefreiem Papier gedruckt.

Vollständige deutsche Taschenbuchausgabe 07/2006

Printed in Germany 2006
Umschlagillustration: © Funny van Dannen
Umschlaggestaltung: Nele Schütz Design, München
Satz: DTP im Haus
Druck und Bindung: RMO-Welte, München
ISBN-10: 3-453-59008-2
ISBN-13: 978-3-453-59008-3

http://www.heyne.de

Im Kreis

Im Kreis der Lieben
dreh ich mich.
Im Kreis der Lieben
seh ich dich.

Wie jede Frau,
wie jeder Mann
schau ich die Lieben
alle an.

Im Kreis der Lieben
dreh dich heiter.
Die Lieben drehn dich
immer weiter.

ABBA Nein
ABBA Nein, sprak
Sie, ik küsse
Nie

OB SIE NUN GUTEN TAG,
GRÜß GOTT ODER HALLO
SAGEN, WICHTIG IST,
DASS SIE IHRE GÄSTE
FREUNDLICH EMPFANGEN.

DIE DISKUSSION

Wir hatten unsere Freunde Rolf und Peggy besuchen wollen. Wir hatten geklingelt, und Peggy hatte aufgemacht. Tut mir leid, hatte sie gesagt. Ich kann euch leider nicht reinlassen. Wir sind beschäftigt. Beschäftigt?! staunten wir. Sonst hängt ihr doch um diese Zeit nur vor der Glotze rum!

Und wenn schon, sagte Peggy. Wir sind jedenfalls beschäftigt. Was macht ihr denn, fragte Hildegard. Trinkt ihr Kaffee oder was? Wir testen neue Kommunikationsmodelle, sagte Peggy. Sie schloß die Tür. Nun standen wir doof da! Wie sollten wir uns jetzt die Zeit vertreiben? Wir überlegten, aber es fiel uns nichts ein. Was haben uns die Scheißlehrer auf der Schule eigentlich beigebracht? fragte Jörg. Nie haben wir Ideen!

Bei so vielen Schülern, sagte ich, können nicht alle selber auf Ideen kommen. Ich wußte nicht, wieso ausgerechnet ich die Lehrer verteidigte, aber ich glaube, es ging auch um Gerechtigkeit, und Hildegard gab mir recht. Bei diesen Massen, meinte sie, wäre es ganz natürlich, daß manche gar nichts lernten, nicht mal, wie man sich richtig wäscht.

Dafür sind die Lehrer auch gar nicht zuständig, wandte Jörg ein. Das müssen die Eltern leisten. In einer Leistungsgesellschaft müssen alle ran, auch Eltern. Das sahen Hildegard und ich ganz anders. Wir hatten beide mit nur einem Elternteil auskommen müssen. Unsere Eltern hatten wenig Zeit für uns gehabt, und wir fanden beide, daß Eltern mit der Erziehung ihrer Kinder schon genug zu tun hätten und sie selber ganz viel Liebe bräuchten.

Aber die meisten Eltern finden Leistung wichtiger als Liebe, sagte Jörg. Sie arbeiten lieber, als daß sie ihren Kindern Gesellschaft leisten! Er setzte sich auf die Stufe vor der Haustür. Auch Hildegard und ich sahen uns jetzt um. Wir wollten uns beide nicht einfach neben Jörg auf die Treppenstufe setzen, wahrscheinlich wegen unserer gegensätzlichen Positionen. Es gab aber im Grunde keine andere Sitzgelegenheit als den Boden mit den Waschbetonplatten. Wir gingen beide in die Hocke, legten uns aber schließlich hin, weil wir locker bleiben wollten. Liebe, nahm Hildegard den Faden wieder auf, ist ja auch eine Leistung, und Leistung ist auch irgendwie Liebe!

Ich wollte ihr spontan widersprechen, doch mir fiel so schnell nichts ein. Und dann hatte ich das Gefühl, sie hätte unser Gespräch mit diesem Satz ganz bewußt auf einen toten Punkt bringen wollen, weil es ihr peinlich war, vor Peggys Haus herumzulungern. Jörg sagte nett: Nein, Hildegard, das stimmt nicht. Was haben denn die Weltrekorde im Sport zum Beispiel mit Liebe zu tun, außer mit der Liebe zum Sport vielleicht?

Ja, ist denn Liebe zur Leistung keine Liebe, erwiderte Hildegard. Was, glaubst du denn, hat unserer Gesellschaft zum Wohlstand verholfen. Ihre Leistung oder ihre Liebe?

Ich finde, man kann das eine nicht vom andern trennen, rief ich jetzt einfach mal dazwischen. Ich hatte diesen Satz schon oft in Talk-Shows gehört, und er paßte fast immer, weil ja wirklich alles irgendwie zusammenhängt. Und dann kam Jörg mit Jesus, ausgerechnet Jesus! Der hat ja auch nichts geleistet! rief er. Und die Wunder? fragte Hildegard.

Und seine Popularität bis heute? Ist das nichts? Glaubst du, daß in 2000 Jahren noch jemand Henry Maske kennt oder die SPICE GIRLS? Sogar der Bundeskanzler und der Papst werden in 2000 Jahren höchstens noch dem Namen nach bekannt sein! Charisma ist nicht alles!

Na, meinte ich, Charisma ist schon allerhand! Dieser Zauber der Person kann Berge versetzen. Hatte Hitler auch Charisma? fragte Jörg. Wir dachten nach. Wir wollten objektiv sein, aber Charisma gönnte ihm irgendwie auch niemand. Er war fanatisch! sagte Hildegard. Wir nikkten. Aber geleistet hat er schon was, räumte ich leise ein. Aber nicht aus Liebe! rief Hildegard. Ihn trieb der blanke Haß! Ich kenn' mich mit so Leuten gar nicht richtig aus, bekannte Jörg. Sie sind mir fremd und unheimlich zugleich, Hitler genauso wie Jesus. Schon wieder Jesus! stöhnte ich.

Na ja, sagte Jörg, als Kind war Hitler sicher auch noch kein Arschloch. Doch, sagte Hildegard. Das glaub' ich schon, von wegen Kinder an die Macht! Die sind genauso wie die Großen. Sie winkelte ihr rechtes Bein an und fuhr fort: Du hast ja keine Ahnung! Das ganze Monster ist im Kind schon angelegt. Ja, angelegt! rief ich. Aber diese Anlagen kann man beeinflussen! Natürlich, sagte Hildegard fast böse. Das kann man. Damit ist mein Onkel reich geworden.

Dein Onkel!? staunten Jörg und ich. Was macht er denn?

Er ist Anlageberater, sagte Hildegard.

Jörg sah mich an. Wir waren beide sauer.

Noch so ein Kalauer, drohte Jörg, dann kannst du hier alleine weiterdiskutiern. Ach je! stöhnte Hildegard, entschuldige bitte. Ich wollte kurz mal lustig sein, die Atmosphäre ein wenig auflockern. Auflokkern!!! brüllte Jörg. Diese verdammte Lockerheit geht mir mächtig auf den Sack! Kommt jemand locker auf die Welt? Ich pflichtete ihm bei. Ja, diese Lockerheit ist unnatürlich! Wie du tanzt ist unnatürlich! griff Hildegard mich an. Diese eckigen Bewegungen sind ätzend!

Das ist mein Stil, verteidigte ich mich. Das mußt du schon mir überlassen, wie ich tanze!

Keine Sorge, rief Hildegard. Ich bin schon weg! Ich kann euch keine Sekunde länger ertragen! Euer Halbwissen kotzt mich an! Alles ist nur bruchstückhaft vorhanden, wenn überhaupt! Keinen Gedanken könnt ihr zu Ende führen, ihr labert wie Politiker! Sei nicht hysterisch, sagte Jörg.

Ich bin nicht hysterisch, du kleiner protestantischer Wichser! brüllte Hildegard. Seit Wochen versuche ich euch etwas von meiner Lebensfreude zu vermitteln und von euch kommen nur Sprechblasen! Du bist die Fachfrau! sagte ich. Das ist ein Job wie jeder andere. Wenn dir als Freizeitgestalterin nichts besseres einfällt, als mit uns beiden deine Schwester zu besuchen, ist das nicht unser Bier. Du wirst ja auch bezahlt dafür!

Jörg war aufgestanden und sagte, ich hab Hunger. Wir hatten alle Hunger. Gut, sagte Hildegard. Ich schmeiß 'ne Runde Pommes mit Majo und Malzbier. Ach! ächzten Jörg und ich. Warum kein echtes Bier? Keine Macht den Drogen! lachte Hildegard und schubste uns zum Auto.

Kein Weg zu zweit

Als die Mitternacht sich anschlich,
wurden die Gedanken klarer.
Hart der Wind durch mein Gesicht strich
wie ein Geisterfahrer.

Die Laternen standen da,
und die Straßen lagen
ausgestreckt im Vollmondlicht.
Mehr brauch' ich wohl nicht sagen.

Meine Lieblingsfarben sind
grün, **braun** und **dunkelschwarz**.
Das glauben mir die wenigsten,
aber es stimmt.
Sie sagen, wenn das stimmt, Mann,
bist du ganz schön gestört!
Sie fragen: Was ist mit Gelb & Rot?
Ich sage rot wie Blut und gelb wie Eiter –
dann fragen sie mich nichts mehr weiter.
Meine Lieblingsfarben sind
grün, braun und dunkelschwarz.
Nicht immer, aber nachts.

MEINE STAERKE SIND U.A.
Stilleben:

KÖRPER KANN ICH KLASSE!

Aber meine Spezialität sind düstere,
KArge Landschaften ohne Menschen
höchstens ein Paar schwarze
VOeGEL.
1997

uta
hans
UTA + HANS sind ins Grüne gefahrn um ihr selbst-
gemachtes OUTFIT IM FREIEN AUSZUTESTEN.
1997

Eine Frau ruft einen Mann

Der sagt, daß er nicht kommen kann.
Er ruft laut und kräftig:
Ich bin total beschäftigt.
Denn er streicht einen Gartenzaun
schön braun.

gELD ODER lIEBE

Lumpi: Hallo, Muschi! Wie geht's?

Muschi: Geht so.

Lumpi: Wollen wir tanzen?

Muschi: Tanzen find ich eklig und unnatürlich.

Lumpi: Aber ›Bei Hasso‹ ist es immer Klasse.
Dort spielt eine italienische Dalmatiner-Kapelle,
und die Preise sind zivil.

Muschi: Ich geh' in keinen Köterklub!

Lumpi: Was ist denn los, Muschi?
Sonst bist du nie so tierisch ernst.
Ist dir eine Maus über die Leber gelaufen?
Guck mal, da kommt Sheba!

Auftritt Sheba, die schönste Katze von Mitteleuropa.
Sie schwenkt ihr rotes Handtäschchen.

Sheba: Hallo, Lumpi! Ich such dich schon die ganze Zeit!
Wollen wir tanzen gehn?

Lumpi: Sheba! So eine Überraschung!
Du kommst ja wie gerufen!

Er hakt sie unter, und die beiden schlendern zum Tanzpalast.
Auftritt Heinz, der geilste Reifenhändler aller Zeiten

Heinz: Muschi, was tust du hier so ganz allein?
Bist du einsam?
Muschi: I wo! Ich zähl' die Sterne!
Heinz: Also doch einsam!

Muschi: Ach, Heinz! Ich bin verliebt in einen blöden Hund!

Heinz: Kenn' ich ihn?

Muschi: Es ist Lumpi, der Bastard von nebenan.

Heinz: Er geht mit Sheba, stimmt's?

Muschi: Manchmal. Und manchmal nicht.
Er kommt nicht los von ihr!

Heinz: Sie ist ein durchtriebenes Biest.
Ich sah sie neulich auf dem Ball der Terrier.
Sie war der Star des Abends. Alle waren verrückt nach ihr,
und Berti vom Bökelberg, der 18fache Bundessieger,
schenkte ihr ein Halsband mit zwanzig Diamanten!

Muschi: Mit 20 Diamanten?

Heinz: Ich stand direkt daneben.

Auftritt Udo Interpohl

Udo: Na, ihr beiden? Was tuschelt ihr denn da?

Muschi: Wir reden über Sheba. Es ist zwar privat,
aber wenn Sie wollen, können Sie ruhig mithören.

Udo: Nein, danke! Ich bin auf einer heißen Spur!

Heinz: Geht es um Diamanten?

Udo: Es geht um ein Verbrechen.
Mehr darf ich nicht verraten!

Heinz: Pah! Es geht um Diamanten. Und Berti hat sie!
Das weiß die ganze Welt!

Udo: Die ganze Welt?

*Er holt seine Pistole aus der Allzwecktasche
und schießt Heinz ins Herz.*

Udo: Und nun zu Ihnen!
Waren sie mit diesem Besserwisser
befreundet oder verschwägert?

Muschi: Nein. Er war mein Vater.

Udo: Wußte er davon?

Muschi: Nein. Meine Mutter nahm
ihr Geheimnis mit ins Grab.

Auftritt Berti & Sheba.
Er sieht den Kommissar und wirft sich auf ihn.
Ein wilder Kampf entbrennt.
Schüsse fallen.
Beide sind tot!
Sheba holt aus Bertis Täschchen Geld und Diamanten,
steckt alles in ihr rotes Täschchen und sagt

Sheba: Die Männer sind alle Verbrecher.

Muschi: Außer Lumpi!

Sheba: Stimmt, Lumpi war anders.

Muschi (entsetzt): Ist Lumpi was passiert?

Sheba: Er legte sich mit Berti an.

Sie trugen ihn nach hinten raus.
Ich glaube, er war tot.

Muschi stürzt in den Köterklub.
Sheba schaut ihr lächelnd nach.
Auftritt Lumpi

Sheba: Ich dachte, du wärst tot!
Lumpi: War ich ja auch.
Sheba: Versteh ich nicht.
Lumpi: Aber Sheba! Das ist doch alles nur ein Spiel!
Sheba: Ein Spiel?!
Dann sind die Diamanten gar nicht echt?
Das schöne Geld? Ist alles falsch?

Sie holt die Wertsachen aus ihrem Täschchen
und wirft sie in die Luft
Sie bricht zusammen. Muschi kommt zurück.

Muschi: Lumpi! Du lebst?!
Lumpi: Muschi, ich liebe dich so sehr!
Muschi: Woll'n wir Lotto spielen gehn?
Lumpi: Lotto? Find ich gut.

Die beiden schlendern engumschlungen
in das neue Lotto-Center.

Vorhang

Der Einsame

Der Mond steht kalt, und die Baustelle schläft.
Schnee liegt auf den Gerüsten.
Die Wolken ziehn so schnell vorbei,
als ob sie fliehen müßten.

Hinter den gelben Fenstern
da leben Menschen wie ich.
Hinter den gelben Fenstern
vermehren sie sich.

FUNNY
1997
Du bist kein FLIEGENPILZ! WER BIST DU WIRKLICH?
DER BAUM, DER DERRICK SEIN WOLLTE

Ein Wäschetrockner lag im Sterben.
Wir wollten seine Wäsche erben.
Da sprach der Wäschetrockner: Nein!
Die Wäschestücke sind nicht mein!
Da standen wir fast nackt im Wind.
Nun wißt ihr, wie die Verhältnisse sind.

PHILOSOPHIE

Es hat wenig Sinn, über das Leben nachzudenken, schreibt der große Philosoph Paul Rothwein. Genausogut könnte man über einen Stein nachdenken oder am offenen Fenster Gesichtsgymnastik machen. Es wäre alles nur eine Sache der Zeit.

Was meint er mit ›Eine Sache der Zeit‹, fragte ich meine Freundin Gitte. Na, daß die Zeit vergeht, sprach sie. Ich dachte mmh! und Gitte sah es mir gleich an. Was machst du dir Gedanken, rief sie. Wenn es dir Spaß macht, über Steine nachzudenken, solltest du es tun. Was läßt du dir von irgendeinem dubiosen Philosophen sagen, was sinnvoll ist?

Er ist nicht dubios, erwiderte ich. Er ist sehr intelligent und kennt sich auf vielen Gebieten aus. Er ist extrem gebildet und interessiert sich für fast alles. Und er verbindet unterschiedlichste Bereiche, ich meine, er öffnet einem schon die Augen, auch für Denkstrukturen.

Aber praktisch, fragte Gitte. Hat er auch praktische Tips auf Lager oder nur so Theorie? Selbstverständlich, antwortete ich, hat er gute Tips und Tricks auf Lager.

Zum Beispiel? fragte Gitte.

Zum Beispiel, sagte ich, verrät er, woran man den weiblichen Orgasmus erkennt. Gitte blickte von ihrer Zeitung auf: Woran? An der kalten Zunge, sagte ich. Beim Orgasmus ist die Zunge einer Frau eiskalt. Gitte faßte ihre Zunge an.

Siehst du, sagte ich, jetzt ist deine Zunge warm. Du hast keinen Orgasmus!

Vom Zeitunglesen habe ich noch nie einen Orgasmus bekommen, murmelte Gitte. Aber an eine kalte Zunge kann ich mich nicht erinnern. Vielleicht hattest du noch nie einen richtigen Orgasmus, mutmaßte ich. Paul Rothwein kennt sich aus. Er hat mehr Frauen als Jürgen Drews und Christian Anders gehabt. Gitte lachte: PAH! Paul Rothwein! Hör endlich auf! Ich pfeif' auf seine kalten Zungen. Ich erkenne meinen Orgasmus auch so ganz gut! Ich sagte, ach! Ich kannte Gitte zwar schon lange, doch über so intime Dinge hatten wir noch nie gesprochen. Sie las weiter ihre Zeitung, ich schwieg und sah zum Fenster raus. Rauhreif lag noch auf dem Rasen hinterm Haus. Zwei Krähen hockten im Geäst des alten Kirschbaums und pickten lustig in die Luft.

Schau mal! rief ich ganz begeistert. Die Krähen da sind nicht ganz dicht!

Ein Spielchen, sagte Gitte ernst.

Ein Spielchen, sagte ich. Du spinnst!

So etwas habe ich bei Krähen noch nie beobachtet!

Das sind russische Krähen, sagte Gitte. Die ticken anders.

Sag mal, fragte ich beiläufig, woran erkennst du denn deinen Orgasmus?

An der Ejakulation, sagte Gitte.

Ah! staunte ich. An der Ejakulation!

Schreibt Paul Rothwein nichts darüber? fragte sie leicht spöttisch.

Klar! rief ich. Klar schreibt er auch über die weibliche Ejakulation. Er schreibt ja, wie gesagt, über fast alles. Aber nicht alle Frauen ejakulieren! Wenn alle ejakulieren würden, wäre es ja unmöglich, einen Orgasmus vorzutäuschen.

Ja, sagte Gitte abwesend und studierte die Todesanzeigen.

Was machst du? fragte ich. Kanntest du einen von den Toten?

Nein, sagte sie. Aber der da ist mein Jahrgang. Und seine Frau heißt Schrott. Klingt irgendwie brutal: Clarissa Schrott...

Auch lustig, sagte ich. Mit K oder mit C?

Mit C, sagte Gitte.

Guck mal! rief ich. Jetzt drehen die Krähen völlig durch! Sie hängen mit dem Kopf nach unten und bewegen sich kein bißchen!

Sie spielen Fledermaus, sprach Gitte, und schlug die Zeitung zu. Das machen diese Krähen oft im Winter. So sparen sie Energie. So fließt das Blut in ihren Kopf, und kurz bevor sie ohnmächtig werden, strecken sie ihre Flügel aus und segeln high zu Boden. Das bringt sie leichter durch die kalte, futterarme Zeit.

Woher weißt du solche Sachen? fragte ich beeindruckt.

Heinz Sielmann, sagte Gitte, oder Grzimek oder... nein, ich weiß nicht mehr. Ist auch schon ziemlich lange her.

Die Krähen segelten zu Boden.

Wir traten beide nah ans Fenster. Schnell beschlug die kühle Scheibe, und Gitte schrieb in großen Druckbuchstaben LOVE.

Das war am zweiten Weihnachtstag.

Freundinnen

Freundinnen müßte man sein.
Dann könnte man über alles reden,
über jeden geheimen Traum.

Freundinnen müßte man sein
Dann könnte man über alles lachen,
viele Sachen zusammen tun.

Man könnte neue Schuhe kaufen
und auf Parties gehen.
Man könnte durch die City laufen
und auf gute Musik stehn.

2 Frauen beten für sich selbst und ihre Freundin

Und man könnte die Nacht durch tanzen
ohne auszuruhn.
Man wäre die ganze Zeit
gegen Einsamkeit immun.

Freundinnen müßte man sein.
Dann könnte man über alles reden,
über jeden geheimen Traum.

Freundinnen müßte man sein.
Dann könnte man über alles lachen,
viele Sachen zusammen tun.

Man könnte stundenlang versuchen,
ein Rätsel zu lösen.
Man könnte Billigflüge buchen
und in der Sonne dösen.

Und man könnte richtig traurig sein,
aber ohne Depressionen,
und man könnte einer Meinung sein,
ganz ohne Diskussionen.

Freundinnen müßte man sein.
Dann könnte man über alles reden,
über jeden geheimen Traum.

Freundinnen müßte man sein.
Dann könnte man über alles lachen,
viele Sachen zusammen tun.

Und nichts könnte uns trennen,
gar nichts auf der Welt,
bis uns eines Tages
derselbe Mann gefällt.

Adjektive

Offen schlug das Buch schnell zu,
behutsam machte Faxen.
Mickrig hatte Kopfschmerzen,
und winzig wollte wachsen.

Stur blieb hart, und leicht flog weg,
windig warf einen Stein.
Nackt ging raus, und provisorisch
wollte alleine sein.

Dumm stand da, und hilflos sang,
ernst besorgte Bier.
Ruhig blieb, und wichtig rief:
Ist viel zu dunkel hier!

Da fragte hell: Wo ist die Tür?
Deutlich sagte: Da!
Richtig zog den Vorhang auf,
vergeblich suchte nah.

Hungrig legte sich aufs Ohr,
phantastisch hackte Holz.
Rüde spielte mit besorgt,
und doof dachte, was solls.

Lautlos wackelte, und tierlieb
sprach zum Papagei.
Echt fiel um, und dämlich
fühlte sich wirklich frei.

Gruselig schlug Sahne und
gemein fing an zu grinsen,

nett hing auf der Fensterbank,
und billig suchte Münzen.

So sensibel ging vorbei,
brutal schlug auf die Kiste,
lustig lachte, und korrekt
vermißte eine Liste.

Süchtig tanzte, mächtig trank,
krank stand auf der Leiter.
Schweigend hörte endlich auf,
und sinnlos machte weiter.

Geil kam rein und voll hob ab,
bescheiden stand im Licht.
Clever machte einen Witz,
süß verstand ihn nicht.

Beiläufig spielte toll Klavier
und traurig sagte tschüß.
Obszön bekam ein Päckchen,
gewöhnlich hatte Schiß.

Mutwillig richtete sich auf,
verliebt fing an zu weinen.
Hektisch hustete nervös,
lieb spielte mit den Kleinen.

Da endlich wachte müde auf,
ging in die Offensive
und brüllte durch den ganzen Raum:
Haut ab, Scheiß-Adjektive!

bLÖDSINN

Auf unserem Balkon war eine weiße Taube gelandet. Wir gaben ihr zu trinken und tauften sie auf den Namen PLASTIKTÜTE. Sie sah uns an und machte keine Anstalten weiterzufliegen. Vielleicht ist sie müde, meinte Monika. Vielleicht ist sie erschöpft und hungrig. Sie holte aus dem Kühlschrank zwei Scheiben Prager Schinken und hielt sie Plastiktüte vor den Schnabel. Du mußt den Schinken in Stücke rupfen, sagte ich, sonst hat der Vogel Angst! So große rosa Scheiben kommen in der Natur nicht vor. Monika zerrupfte den Schinken, und der Vogel würgte ein paar Stückchen hinunter.

Wenn ihr so weitermacht, wird sie hierbleiben und alles vollscheißen, sagte Björn. Sie lockt noch andere Friedenstauben an, dann können wir den Balkon bald gar nicht mehr benutzen.

Stell' dich nicht so an, erwiderte ich. Der große Maler Matisse hat

TARZAN
liebte
Jane.
Doch in
seinen
Träumen
sehnte er
sich
nach dem
PFERD von
Little Joe
FUNNY

sein Atelier in Nizza mit einem Haufen solcher Tauben geteilt. Da war er alt und schon senil, rief Monika. Aber wir sind jung. Wir haben das Leben noch vor uns. Wir brauchen keine weißen Tauben zum Glücklichsein.

Matisse war keineswegs senil, verteidigte ich den großen Maler. Er hat im Beisein der Tauben Großartiges geschaffen. Seine aus farbigem Papier geschnittenen Bilder strotzen nur so vor Optimismus und Modernität! Egal! rief Björn. Das ist unser Balkon und Berlin ist nicht Nizza. Er ging auf Plastiktüte zu und rief huhu! Die Taube blieb sitzen. Ich lachte. Er trat nach ihr. Der Vogel hüpfte auf die Brüstung und saß nun vor den blühenden Bartnelken. Ein schönes Bild!

Monika holte die Kamera und schoß einige Fotos aus verschiedenen Perspektiven. Dann flog die Taube fort. Aha! rief Björn. Sie wollte wohl nur fotografiert werden! Er lächelte zufrieden. Die Sonne schien uns ins Gesicht. Wir frühstückten auf dem Balkon und machten uns gemeinsam daran, den Garten umzugraben.

Zwei Wochen später zeigte Monika uns die Farbabzüge, und wir bekamen eine Gänsehaut, denn auf den Fotos war keine Taube, sondern eine weiße Plastiktüte zu sehen!

So etwas Unheimliches hatten wir noch nie erlebt!

Wir suchten erst gar nicht nach vernünftigen Erklärungen. Es war zu offensichtlich, daß wir etwas Außergewöhnliches erlebt hatten. Die Kraft des Namens hat über die Wirklichkeit gesiegt, sagte Monika. Meinst du, fragte ich, auf den Fotos wäre jetzt eine Kornblume, wenn wir die Taube Kornblume genannt hätten? Gut möglich, sagte Monika. Denn Kornblume wäre genauso blöd wie Plastiktüte gewesen. Ach so! rief Björn, du glaubst, die Macht der Blödheit hat uns diesen Streich gespielt?

Natürlich, sagte Monika. Die Blödheit provoziert extreme Energien, sie schafft Momente höchster Dichte, verwirklicht flüchtige Gedanken...

Das ist zu hoch für mich, bekannte ich.

Auch Björn gab zu, Monika in diesem Punkt nicht zu verstehen bzw. das ganze für puren Blödsinn zu halten.

Ja, sagte Monika. Das ist der pure Blödsinn, und ihr habt wirklich keine Ahnung von seiner befreienden Wirkung.

Ach so! rief Björn. Du meinst die befreiende Wirkung!

Monika nickte und uns war allen klar, daß wir an dieser Stelle noch vor ein paar Jahren gelangweilt abgewunken hätten. Aber intelligente Leute von heute registrieren die befreiende Wirkung von Blödsinn wie Arbeitslose den Berufsverkehr.

In der letzten Nacht

bin ich aufgewacht,
und da habe ich
an einen Traum gedacht.

Der war so schön,
da schlief ich ein.
So müssen
gute Träume sein.

Junger Country-Künstler steht mitten in einer unwirklichen Gewitterland-
schaft und prüft die Windrichtung.

ZEN
ZEN
ZEN
ZEN
ZEN
ZEN
ELF

Poems in German School English by Funny

The Music-Tale

A snail was creeping through the dust,
it was so tired, when it passed
an apple without POWER.

Oh, apple, said the snail, come on!
let's go together further,
together is all right!

You stupid snail, the apple cried.
I have no legs to walk.
Next time you better
check your head,
before you start to talk!

I'm sorry, so the snail replied,
but legs I also miss!
It crept towards the apple
and gave its cheek a kiss.

The apple blushed
and then it smiled,
the snail had touched its soul.
Let's go, it said, my fairy snail,
you rock and I will roll.

Listen now

what happens next
is hard to say,
because the future
always is
a little bit away!

One Thursday (The Robbery)

Give me LOVE, the Robber said,
the bank-clerk says: Oh, no!
All Love has gone, I'm sorry.

The Robber says, I go
and rob another bank.
The clerk thanked God above.

You need good nerves
to do your job
at the bank of Love.

Good Friday

The cross was much too small for Jesus.
He did not feel at ease.
The soldiers looked into his eyes,
the kids could touch his knees.

I want a bigger cross, he cried.
The soldiers said: Just wait!
The cross-dealer is coming soon,
he is a little late.

And when the cross-dealer did come,
they bought a bigger cross.
Who pays? the happy dealer asked.
And Jesus said: The boss!

Verlogene Antje!

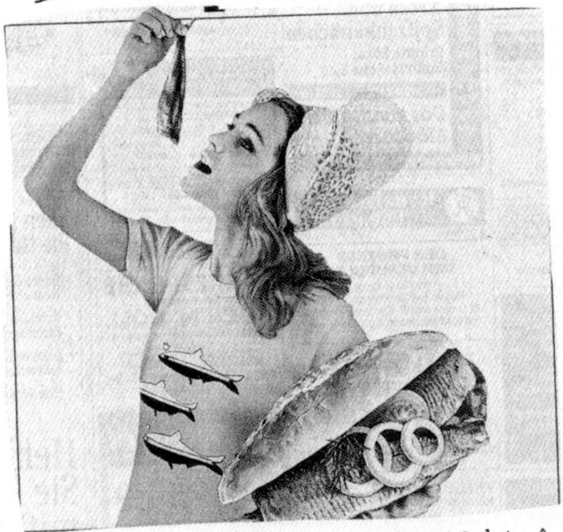

Während sie auf ihrem T-Shirt freizügig ihre Sympathie für die großen Wale zeigt, hat sie dem Hering schon die Beine abgebissen. Also, kleine Fische, aufgepaßt! Laßt euch nicht von hübschen Mädchen in der Werbung einlullen!

Long song

Ein Hemd und eine Hose
lagen auf einem Bett.
Die Hose war schön schlank,
das Hemd war viel zu fett.

Wir passen nicht zusammen,
sprach die Hose zum Hemd.
Derweil hat eine schöne Frau
ihr tolles Haar gekämmt.

Das Hemd wurde todtraurig,
es weinte bitterlich.
Die Hose, dachte es, hat recht.
Mich nimmt sie sicher nicht.

Die Frau legte die Bürste hin,
sie schüttelte ihr Haar.
Es war frisch gewaschen,
es war wunderbar!

Dann zog sie beide Sachen an
und Freudentränen flossen:
Denn auch das fette Hemd
paßte wie angegossen!

Es rief, juchuh, ich passe!
Die Hose hat gelitten.
Sie haßte alles Üppige,
sie haßte dicke Titten.

Sie fühlte sich so richtig schlecht,
sie fühlte sich beschissen.

Wie gerne wär' sie eingelaufen,
wie gern wär' sie gerissen!

Und eines Tages lief sie fort
mitten in der Nacht.
Und wer sie so laufen sah,
hat sich kaputt gelacht.

Da schnappte sie ein Penner.
Er rief, wo willst du hin?
Siehst du nicht, schrie die Hose,
daß ich für dich nichts bin?

Der Penner zog die Hose an,
er trug sie eine Weile.
Und als er sie wegwarf,
hatte sie eine Beule.

Die schlanke Hose dachte sich,
nun will mich niemand mehr.
Sie legte sich in ein Gebüsch
und schämte sich so sehr!

Sie schämte sich in Grund und Boden
mit aller aller Kraft.
Am nächsten Morgen hatte sie
zwei Meter schon geschafft.

Sie schämte sich noch weiter,
und wenn man's glauben kann,
dann kam sie eines Tages
in Australien an.

Dort fand sie bald ein Känguruh.
Es streifte sie sich über,

besah sich kurz und sagte: Ja!
Kurz wär' sie mir viel lieber!

Es schnitt die schlanke Hose ab.
Sie stand ihm ausgezeichnet.
Selbst für die größten Sprünge
war sie gut geeignet.

Es trug sie viele Jahre
tagaus tagein mit Stolz.
Dann starb das alte Känguruh,
die Hose sprach, was soll's!

Und sie begrub das liebe Tier
und hüpfte in die Stadt,
wo sie in einem grünen Park
Freunde gefunden hat.

Es waren Musikanten,
der Sänger zog sie an.
Sie zog mit ihm von Gig zu Gig.
Dann kam sie irgendwann

auch wieder in ihr Heimatland.
Dort stand hinter der Bühne,
die früher mal ein Groupie war:
Ladenchefin Sabine!

Das ist ja meine Hose! rief sie.
Ich glaub', ich werd' verrückt!
Wer hat denn diese schönen
Rosen draufgestickt?

Ich, Lady, sprach der Sänger.
Ich liebe diese Hose.

Junge unschuldige Wolke flieht
vor aufdringlichem Abendrot!

Deshalb setzte ich mich hin
und schenkte ihr die Rosen.

Mein Herz hängt wirklich sehr an ihr!
Du kannst mir nicht verdenken,
daß ich sie behalten will.
Ich kann sie dir nicht schenken.

Zieh' sofort die Hose aus,
rief Sabine böse.
Weil sie immer noch mir gehört!
Es gab lautes Getöse.

Der Sänger fiel unglücklich hin,
er starb im Krankenwagen.
Er hatte keine Hose an –
was soll man dazu sagen?

Nun war die Hose wieder da,
von wo sie einst gestartet
und wo das fette Hemd auf sie
die ganze Zeit gewartet.

Die langen Jahre hatte es
im dunklen Schrank gehangen.
Darüber waren viele
Moden dahingegangen.

Sabine zog die beiden an,
wie damals! Alles paßte!
Wie damals, als das Hemd so liebte,
was die Hose haßte.

Jetzt hatte sie die Welt gesehn,
das Meer und manche Küste.

Sie wußte viel und hatte nichts
mehr gegen große Brüste.

Sie freute sich sogar daran,
wie lässig alles hing,
als Sabine in den beiden
auf die Straße ging.

Und viele sahn Sabine an
und dachten: Tolle Frau!
Aber woran es lag,
wußten sie nicht genau.

Sabine fuhr in ihren Club
wie stets mit ihrem Kleinbus.
Sie freute sich am Happy-End,
das manchmal einfach sein muß.

EIN PAAR WIE DU & ICH

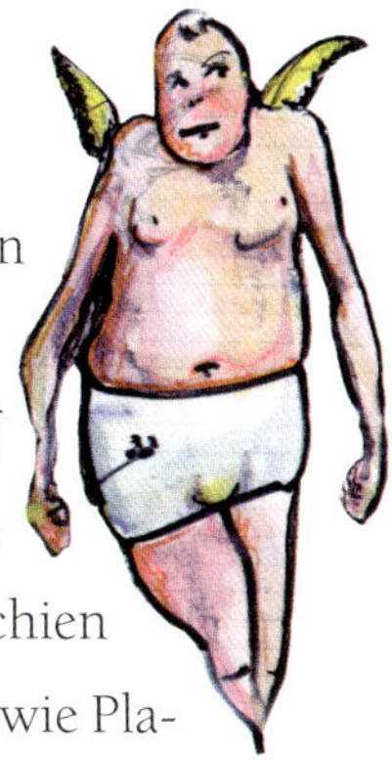

Der Engel Lonlistar, einziger Überlebender der großen Himmelskatastrophe vor heute auf den Tag genau zehn Jahren, hatte im Meer d'Amour gebadet und watete auf seine schwerfällig-liebenswerte Art an Land. Seine kleinen fleischfarbenen Flügel glitzerten im Sonnenschein, und er schien vergnügt zu sein, denn beide Augen kreisten in den Höhlen wie Planeten auf der besten Umlaufbahn. Was muß ich sehn? rief er an Land. Haben übermütige Jugendliche meine Anziehsachen versteckt, damit ich was zu suchen habe? Fein, fein, fein! Der Tag läßt sich gut an!

Der Engel schlug sich ins Gebüsch. Er durchkämmte bis zum Mittag den ganzen Wald, wanderte dann weiter in die Stadt und suchte dort in jedem Haus nach seiner Kleidung, die nur in seiner Vorstellung existierte. In Wirklichkeit war er nackt wie alle echten Engel, mit Gänsehaut am ganzen Körper, also auch im Gesicht, weshalb er auch nur halb so attraktiv wirkte, wie es von Engeln angenommen wird. Das jedoch war ganz belanglos, da ihn auf seiner Suche niemand sah.

Alle Menschen, denen er begegnete, nahmen sich so wichtig, daß Lonlistar mit seinem rein ideellen Gewicht für niemanden spürbar war.

Als die goldene Abendsonne ihre langen Schatten in die Häuserschluchten warf, saß der Engel im Hinterzimmer des Café Sahne auf einem unbequemen Schuhkarton und sah dem Geschäftsführer Ecki Meckernich beim Geldwaschen zu. Der arme Ecki! Seine Hände waren schon rot und geschwollen, der Rücken tat ihm weh, aber noch immer lag ein großer schmutziger Geldhaufen da und wollte nicht kleiner werden. Jeden einzelnen Schein mußte der zerbrechlich wirkende Mann wässern, mit einem Schwämmchen säubern und in eine der beiden Trockenpressen schieben, die jeweils tausend Scheine faßten. Lonlistar zählte mit und hatte seine Freude an Eckis Fleiß.

Da ging die Tür des Hinterzimmers auf, und zwei kräftige Männer brachten noch mehr Geld, vier prallgefüllte Säcke, alles kleine Scheine, die sie auf den Haufen kippten, so daß dieser nun bis an die Decke des dunstigen Raumes reichte.

Ecki wollte protestieren, doch als er den Mund aufmachte, stopfte einer der beiden Boten ihm ein Zettelchen hinein. Sie gingen. Ecki las, daß die Polizei am nächsten Morgen im Café Sahne frühstücken wolle. Mein Gott! rief Ecki. Was verlangen die von mir? Diesen Riesenhaufen schaff' ich nie bis morgen früh! Ich armes kleines Arschloch bin erledigt!

Er hörte ein Rascheln. Die Scheine bewegten sich.

Das Geld! rief Ecki. Es lebt! Es greift mich an! Es will mich fressen und ersticken!

Immer der Reihe nach, sagte das Geld, und Ecki erschrak, denn nun erkannte er den Engel.

Das sind deine Nerven, sagte Lonlistar ganz ruhig.

Sie spielen verrückt, weil du bis morgen früh das ganze Geld waschen mußt und es nicht schaffen kannst. Es ist eine unmenschliche Aufgabe. Aber mit meiner Hilfe könntest du –

Soll das ein Angebot sein? rief der aufgelöste Ecki.

Ja, sagte Lonlistar. Was sonst?

Und der Preis? fragte Ecki. Was willst du dafür?

Etwas Weiches mit großen braunen Augen, sagte Lonlistar.

Er dachte an ein Kuscheltier.

Ecki aber glaubte, der Engel hätte es auf seine Braut abgesehen, und sagte nein. Laß dir was andres einfallen!

Lonlistar überlegte hin und her, aber etwas anderes wollte ihm nicht einfallen. Etwas Weiches mit großen braunen Augen, sagte er in seiner phantastischen Einfalt noch einmal ziemlich laut. Ecki fühlte sich erpreßt, sah jedoch keine andere Möglichkeit, als auf die Forderung des vermeintlichen Rumpelstilzchens einzugehen. Sie machten sich an die Arbeit.

Als das erste Morgenlicht durch den Hinterhof huschte, war das ganze dreckige Geld sauber wie ein Katzenpo und lag gebündelt im Tresor. Ecki war gerettet. Etwas Weiches..., fing der Engel an.

Schon gut! rief Ecki und holte seine Braut, die noch gar nicht fertig geschminkt war. Du gehörst jetzt ihm, sagte er und zeigte auf Lonlistar. Eckis Braut, die Alexandra hieß, konnte niemanden sehen und hielt ihren Bräutigam für überarbeitet. Sie schlug ihm eine Reise vor. Ich kann jetzt nicht weg, sprach Ecki und schickte seine Braut neue Lottoscheine holen.

Die Polizei kam, ließ sich das saubere Geld zeigen, nahm einige Bündel als Belegexemplare mit und blieb nicht einmal auf eine Tasse Kaffee.

Tut mir schrecklich leid, sagte Ecki zu Lonlistar. Aber du hast es ja gehört: Sie sieht dich nicht, sie nimmt dich überhaupt nicht wahr!

Ich nehm sie trotzdem, sagte der Engel, denn er hatte sich in Alexandra verliebt. Ecki wollte ihm davon abraten, aber die Tür ging auf und neue Unmengen schmutziges Geld wurden gebracht, das der kleine Meckernich unmöglich alleine waschen konnte. Deshalb schwieg er, und auch Lonlistar ging ohne Worte an die Arbeit. So wurden die beiden ein tolles Team, und nach einigen Monaten bekam Ecki sogar Super-Angebote aus Italien, die er jedoch unter dem Vorwand, seine Braut sei ausländerfeindlich, ablehnte. Der eigentliche Grund war natürlich die für Geldwäscher mörderische Währung. In Fachkreisen hieß es: Ein Jahr Lire – der Rest auf alle Viere!

Die Monate zogen ins Land. Lonlistar gefiel die Arbeit von Tag zu Tag besser. Seine Liebe zu Alexandra trieb ihn zu immer neuen Höchstleistungen, und Ecki konnte sich bald gemütlich zurücklehnen und die Scheine beim Sauberwerden beobachten.

Obwohl er seiner Braut schon längst den Laufpaß gegeben hatte, brachte er sie ein-, zweimal die Woche mit ins Café Sahne, denn er wußte um ihre Wirkung. Alexandra spielte mit, denn sie konnte das Geld gut gebrauchen. Das unterschiedliche Glück der drei wurde jäh unterbrochen, als eines Tages Ende '94 Eckis Boß hereinschneite, an der Hand sein Söhnchen Pjotr, ein schmächtiges Kerlchen mit Atemnot und Allergien. Der Kleine zeigte mit dem Finger auf Lonlistar und rief: ›Den will ich haben!‹

Dem Vater brach es fast das Herz, der Phantasie des Kindes nicht folgen zu können bzw. an ihm nun auch noch geistige Störungen festzustellen. Einige Sekunden lang fühlte er sich minderwertig und bedeutungslos. In dieser Zeit sah auch er den Engel klar und deutlich: Seine massige Gestalt, die rosa Flügelchen, das winzige Geschlecht, die Gänsehaut, die winzigen, blitzenden Äuglein.

Komm mit! befahl der Boß. Sei meinem Sohn ein treuer Spielgefährte! Lonlistar gab Ecki zum Abschied beide Hände und sah mit glühenden Blicken Alexandra an, die ihre Fingerspitzen mit der Zunge befeuchtete. Was macht deine Braut? fragte Eckis Boß. Sie streichelt ihre Augen, versuchte Ecki ihm weiszumachen. Der Boß gab seinen Leibwächtern ein Zeichen, und sie stürzten sich auf Alexandra, die seelenruhig ihre magischen Kontaktlinsen auf die Gorillas pappte und belustigt zusah, wie sie zu zwei Portionen Sheba light mutierten.

Eckis Boß floh mit seinem Kind und Eckis Katze kam herein und leckte sich das Maul.

Ecki selbst war unzurechnungsfähig geworden. Er stand mitten im Raum und sang von alten Zeiten.

Alexandra ergriff die Hand des Engels, und er folgte ihr in eine ausgebrannte Telefonzelle. Damit flogen sie zum Mars. Wenn es also uns

Menschen eines Tages gelingen sollte, auf dem Mars Lebewesen ausfindig zu machen, sind es mit 100%iger Sicherheit die Nachkommen dieser beiden, wobei ich persönlich zugeben muß, nie ganz verstanden zu haben, warum sie abgehauen sind. Jemand wie Alexandra hat praktisch keine natürlichen Feinde, und Lonlistar war glücklich hier bei uns. Ich habe wirklich lange über diese Frage nachgedacht, und heute bin ich mir fast sicher: Es war wegen der Leute.

Die Harmonie

Du willst mich nicht sehn
Ich will dich nicht sehn
SCHÖN
wenn zwei sich gut verstehn

Auf viele Schafe
kommt ein Schäfer,
auf einen Menschen
viele Käfer.
So schallt es
über Berg und Tal:
Das Tier ist in
der Überzahl.

2 lustige Kinder auf einer goldenen Wiese.
sie spielen blöde KUH.

Die Liebe

Die Liebe ist ein Schiff im Sturm,
sie ist ein Blatt, das taumelt.
Die Liebe ist ein schiefer Turm
und auch ein Kopf, der baumelt.

Die Liebe ist ein blödes Spiel,
wenn es zwei Blöde spielen.
Und liegt die Flinte schon im Korn,
braucht niemand mehr zu zielen.

Das hört sich alles logisch an,
doch was hat keinen Haken?
So sagt schon mal die Frau zum Mann:
Hör endlich auf zu quaken!

Dann sagt der Mann vielleicht, hör zu!
So ist halt mein Orgasmus.
Dann sagt die Frau vielleicht, nanu?
Dann nehm ich jetzt den Nachtbus.

Der Liebe ist das einerlei,
sie fliegt zum nächsten Pärchen.
Die Liebe hat ein Herz aus Gold.
Es gibt sie auch im Märchen.

Novemberlied

Heute regnet es schwere Gedanken.
Auf die kleinen Geschäfte.
Auf die großen Banken.

Unter schwarzen Schirmen
gehn so viele hin und her.
Und sie schleppen volle Taschen
durch den Berufsverkehr.

Sind das alles Lebensmittel?
fragt der Wind und fliegt vorbei.
Nein, sagen die Augenzeugen,
Klopapier ist auch dabei!

Gestern waren wir im Kunstmuseum. Wir standen lange vor dem grossem BILD „Grüne Männer, blaue Fraun". Es war sehr gut!

Der Fremde

Vor der Tür stand ein Vulkan.
Er hatte keine Hosen an.
Doch was bedeutete das schon?
Es zählt ja nur die Eruption.

Die Lava lief mir in die Schuh.
Da machte ich die Türe zu
und rief: Du halbnackter Vulkan,
klopf hier nicht noch einmal an!

KATARINA (FILMKRITIK)

Die schon etwas ältere alleinstehende Frau Katarina, die ihr Zimmer für ihren frischverheirateten Sohn geräumt und sich in den Raum darüber unters Dach verzogen hat, beobachtet das junge Paar durch die Decke beim Geschlechtsverkehr. Sie hat einen Ziegelstein aus dem Boden genommen, und deshalb heißt der Film: DER ZIEGELSTEIN.

Die Schwiegertochter sieht die alte Frau, sagt ihrem Mann aber nichts, aus Mitleid mit der armen Schwiegermutter, um auch ihr etwas Lust zu gönnen, wie sie einem Priester, der Süchtige betreut, nach dem plötzlichen Tod der Alten erzählt. Falsches Miststück! Der Priester kannte die Geschichte schon, denn die ältere alleinstehende Frau ging ihm zur Hand und hatte ihm die Sache längst gebeichtet. Der Priester sieht die Schwiegertochter an, und seine Augen sagen: Du hast Katarina getötet! Du hast ihrem sündigen Verlangen, euch beim Sex zu beobachten, durch dein Schweigen Vorschub geleistet, aber nicht aus Nächstenliebe, oh nein! Du wolltest sie piesacken und zu Tode quälen: Schau her! Mich fickt er, und du hockst da oben ganz allein mit deinem kalten Ziegelstein! So weit, so schlimm! Bis hierhin ist die Geschichte ziemlich interessant, obwohl einiges unklar bleibt, zum Beispiel: War Katarina beim Zuschauen sexuell erregt oder starr vor Schmerz oder beides? Aber gut, man kann nicht alles zeigen.

Jedenfalls wird's zum Schluß reichlich albern.

Schön wäre es gewesen, der Priester hätte Katarinas Rolle eingenommen und fortan das Paar betrachtet. Dann hätten sich die Libido-Probleme der Schwiegertochter wohl gelegt. Doch was passiert in Wirklichkeit?

Die junge Frau liegt wach im Bett, neben ihr der schlafende Mann. Sie starrt an die Decke. Durch eine Ritze droht es schwarz zu tropfen. Sie begibt sich auf den Dachboden und sieht die Bescherung: Im Dach ist ein Loch, und durch dieses Loch schneit es auf die Stelle mit dem

Ziegelstein. Auch bei der Hochzeit der jungen Leute hatte es total geschneit und nun schon wieder! Die unsympathische Schwiegertochter steht nun zum Schluß da wie das Sterntalermädchen und läßt sich das Nachthemd vollschneien nach dem Motto: Alles Gute kommt von oben!

Ich finde, durch diesen Film sind wir der Lösung des Schwiegermutter- bzw. Schwiegertochterproblems keinen Schritt nähergekommen. Im Gegenteil! Der traumhafte Schluß ist nur die logische Folge der Verlogenheit seitens der jungen Frau, die es ja angeblich nur gut gemeint hat und jetzt dafür von ihrer gütigen Schwiegermutter belohnt und wie eine reife Eizelle mit weißen Flocken zärtlich befruchtet wird! Was für ein mieses Happy-End! Müssen Unterhaltungsfilme so schöntun? Ich finde: Nicht bei solchen Themen!

Alfred Kaune, Vorsitzender BTE-Fachgruppe Meterware: „Wie kriegen wir die jungen Frauen an die Nähmaschine."

Auf geht's

Du gehst mir auf die Eier,
sagte die Henne zum Hahn.
Ich laß mich von dir nicht mehr treten,
ich fang was neues an!

Irgendwas mit Sprachen
oder was Kreatives.
Ich brauche ein neues Lebensgefühl,
am besten ein ganz tiefes.

Tiefe Gefühle! krähte der Hahn,
das ist doch Menschenmist.
Schau in die Pfütze, dann siehst du klar,
daß du ein Huhn nur bist.

Da wurde es dem Huhn zu bunt,
und es flog in den Himmel.
Es ließ den stolzen Hahn zurück,
den Hahn und seinen Pimmel.

Es flog nach Westen ganz, ganz weit,
ich hab es fliegen sehn.
Wie eine Miniwolke
nur schneller, weiß und schön.

Funny 1997
Diese weißen Schnippsel sollen den Winter
und den Schnee symbolisiern. Ich hoffe,
das kommt auch ohne Worte rüber!

SCHACHTURNIER
Bonny hat sich ein cooles Wort auf die Stirn machen lassen. Jetzt kann sie wieder lächeln.

DIE WENDE

Völlig ausgepumpt und leer kehrte der Ameisenbär in seinen Bau zurück. Was ist? fragte seine Freundin, die faul auf dem Sofa lag, die Beine weit gespreizt, Kartoffelchips dazwischen.

Ich weiß auch nicht, sagte der Ameisenbär.

Diese Biester lassen sich immer neue Sachen einfallen. Jetzt ham sie alle so kleine spitze Messerchen dabei: Wenn man sie aufsaugt; tut es höllisch weh! Ich hatte tierisches Nasenbluten. Mmh! sagte seine Freundin. Es zwingt dich ja niemand, diese ekligen Ameisen zu fressen. Iß auch mal Chips oder Gehacktes, dann kommst du auf andere Gedanken.

Der Ameisenbär sah seine Freundin traurig an und schwieg. Er legte sich vor die Höhle in die Sonne, und seine Freundin setzte sich zu ihm. Sie wollte ihn trösten und kraulte ihm den Nacken. Laß das! brüllte der Ameisenbär. Das macht mich ganz nervös! Seine Freundin zog die Vorderpfote weg.

Wenn die Biester alle kleine spitze Messerchen bei sich tragen, wie können sie dann arbeiten?

Ich weiß auch nicht, sagte der Ameisenbär. Sie müssen sich die Dinger auf den Rücken kleben oder so ähnlich, denn sie bewegen sich völlig normal. Doch kaum hast du sie eingesogen, sticht es unglaublich in der Nase.

Mmh! sagte seine Freundin. Und schmecken tun sie so wie immer?

Kein Unterschied! sagte der Ameisenbär.

Mmh! sagte seine Freundin. Dann bleiben diese Nadeln oder Speere also schon in deinem Rüssel hängen.

Scheinbar, brummte der Ameisenbär.

Kauf dir einen Staubsauger, riet ihm die Freundin.

Der Ameisenbär überlegte.

Keine schlechte Idee, sagte er dann. Aber ich schätze, der Staubsaugerschlauch wird zu glatt sein. Die Messerchen werden nicht hängenbleiben.

Na und? fragte die Freundin. Hauptsache, sie lösen sich. Nachher holst du die Ameisen und die Messerchen aus dem Beutel und wirfst sie in die Luft: Die leichten Messerchen werden sich wie die Spreu vom Weizen von den kleinen Biestern trennen, fertig!

Du hast gut reden! sprach der Ameisenbär. Und was ist mit dem Kabel?

Verlängern, sagte die Freundin. Kauf dir eine dicke Kabeltrommel; dann kommst du überall hin.

Der Ameisenbär nickte. Er fuhr in die Stadt und kaufte Staubsauger und Kabeltrommel. Was für ein Aufwand! stöhnte er bei der Rückkehr Früher war alles einfacher!

Ja, früher, rief die Freundin, irgendwie gereizt.

Da warst du auch noch schneller und schlauer und schlanker und –

Und was? unterbrach sie der Ameisenbär.

Ich weiß nicht, sagte die Freundin. Aber deine Klagen gehen mir auf die Eierstöcke: Wenn du wie früher diese Scheißameisen fressen willst, mußt du was dafür tun! Die lassen sich nun einmal immer etwas neues einfallen; ist doch normal! Du würdest dich ja auch nicht einfach fressen lassen. Und wenn du den Aufwand nicht magst, dann mußt du deine Eßgewohnheiten ändern. So einfach ist das.

So einfach ist das nicht! rief der Ameisenbär.

Doch! brüllte die Freundin. So einfach ist das, und ich weiß gar nicht, warum du dich so sträubst. Die meiste Zeit liegst du doch eh nur rum und wärmst das welke Laub! Streng deine Birne auch mal an; ein bißchen Phantasie kann gar nicht schaden!

Aah! stöhnte der Ameisenbär. Ich kann das nicht mehr hören! Auf jede Gemeinheit dieser Ameisen soll man mit Phantasie antworten, mit Flexibilität! Früher war ich unflexibel und phantasielos und glücklich und zufrieden!

Wie die Dinosaurier, bevor sie ausgestorben sind, sagte seine Freundin.

Ich kann das nicht mehr hören! brüllte der Ameisenbär. Immer diese Dinosaurier! Immer diese Lügen!

Ach! sagte seine Freundin. Das ist ja interessant! Du weißt also, warum die Dinosaurier ausgestorben sind; du Schlaumeier!

Ja! brüllte der Ameisenbär: Wegen der kosmischen Katastrophe! Der Himmel hat sich verdunkelt; es wurde arschkalt, da waren sie alle weg vom Fenster, auch die Flexiblen, auch die mit ganz viel Phantasie! Er nahm den Staubsauger und die Kabeltrommel und stapfte los.

Egon! rief die Freundin, der Stecker!

Aber der Ameisenbär lief in den Wald hinein, ohne sich auch nur umzusehn.

Die Freundin machte den Fernseher an, zappte sich durch 'zig Kanäle und landete schließlich bei einem Naturfilm über Ameisen. Weil viele Ameisenbären inzwischen mit Staubsaugern arbeiten, sagte der Sprecher, haben clevere Ameisen die Messerchen mit kleinen Wasserbomben kombiniert. So ruinieren sie die gegen Feuchtigkeit empfindlichen Geräte beim ersten Einsatz völlig. Es sei jedoch in Südamerika ein Ameisenbär dabei beobachtet worden, wie er die Ameisen austrickste, indem er gentechnisch manipulierte Tomaten im Ameisenhaufen deponierte. Der Verzehr dieser Tomaten scheine die Ameisen gegen Waffen aller Art allergisch zu machen. Sie streiften Messerchen und Wasserbomben ab und wären dann so wehrlos wie früher.

Die Freundin sprang vom Sofa auf, nahm aus dem Obstkorb etliche Tomaten und folgte den Spuren ihres Lebensgefährten, der ihr leicht verlegen und entnervt entgegenkam.

Komm, Egon! rief sie, laß alles fallen! Ich zeig dir was!

Ach, Luzie! seufzte der Ameisenbär und stellte seine Sachen hin. Er folgte seiner Freundin. Und auf dem Rückweg sah die Welt schon völlig anders aus.

Zwei Würstchen lagen engumschlungen,
haben das Deutschlandlied gesungen.
Ich dachte gleich, wie idiotisch!
Seit wann sind Würstchen patriotisch?

Da riefen sie: Das ist Vererbung,
kennst du uns denn nicht aus der Werbung?
Das weiß doch wirklich jedes Kind,
daß wir Deutschländer Würstchen sind.

Da nippte ich an meinem Flachmann
und winkte einem netten Wachmann
und gab die Würstchen, lang und rund,
seinem netten Schäferhund.

Fanta rei

Wo es vor ein paar Tagen noch
nach Bierkästen und Sprudel roch,
ist jetzt ein Loch.
Ein Gebäude ist verschwunden,
es fehlt den Menschen und den Hunden.
Es war quadratisch, eine kahle
Getränke-Hoffmann-Filiale.
Flach und vollgestopft mit Flaschen
stand sie da wie ein Karton.
Sie war so schlicht und anspruchslos,
das hat sie nun davon!

Bald wird ein richtiges Haus hier stehen,
dann gibt es viele Mietpartein.
Darunter werden sicherlich
auch wieder einige Flaschen sein.
So kann ich nun am Ende schreiben:
Alles fließt, die Flaschen bleiben.

Die Träneninsel

Wie oft verschwimmt der Blick
nach vorn und geht ein Traum
nach hinten los, so groß
sind die gemeinen Wirklichkeiten,
daß sie unbesiegbar scheinen.
Dann kommt der schöne Lacherfolg
und alle müssen weinen.

BOUNTY
Meuterer
KAPITÄN

DAS DROMEDAR

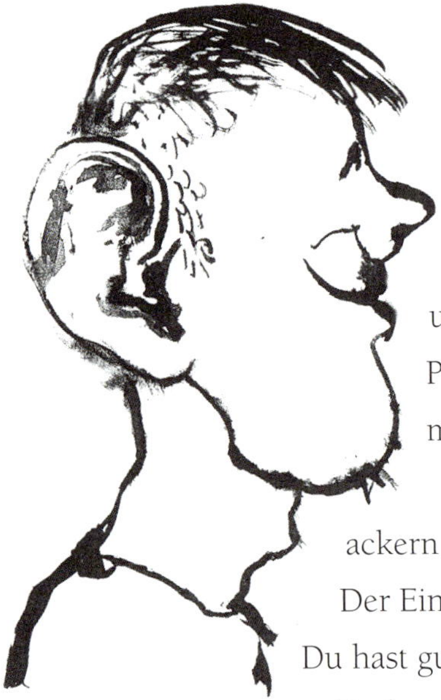

In einer verräucherten Spelunke am Rande der City von Kassel saß ein armer Einzelhändler. Er starrte in sein Glas und fragte den Whisky: Wie lange soll die Plackerei noch gehen? Die teure Miete frißt mich auf. Immer nur ackern und wofür?

Für die Kunden, sagte der Whisky. Wir ackern alle für die Kunden. Sie sind die Könige!

Der Einzelhändler grinste wie ein weicher Stein.

Du hast gut reden! Wieso? fragte der Whisky.

Du hast es gleich hinter dir, sagte der Einzelhändler und trank ihn aus. Er zahlte und ging. Auf dem Nachhauseweg begegnete ihm ein junges Dromedar. Es grüßte freundlich und verschwand um die nächste Ecke. Der Einzelhändler zog wortlos seinen Hut.

Dann rief er: Stehenbleiben! Halt!

Das Dromedar blieb stehen.

Was machst du noch so spät auf der Straße? fragte der Mann.

Hast du keine Eltern, hast du kein Zuhause?

Meine Eltern leben in Ägypten, sagte das Dromedar. Ich bin durchs Mittelmeer geschwommen und durch Italien getrampt. Die Schweiz habe ich auf einem Viehlaster durchquert, den Rest bin ich gelaufen! Ich bin am Ende.

Am Ende, sagte der Einzelhändler nachdenklich, aber immer noch freundlich. Das nenn ich Kultur!

Das Dromedar sah ihn schlau an. Komm mit! rief der schon angegraute Mann. Du kannst in meiner Boutique übernachten. Morgen ist Sonntag, da kannst du lange schlafen!

Er brachte das Tier in seine Boutique.

Als er am nächsten Tag gegen 13 Uhr seinen Laden betrat, hatte das

Kamel vier Kookai-Kostümchen aufgefressen und die Knöpfe in den Schirmständer gespuckt.

Herr Mänzig schimpfte. Ich hatte Hunger, sagte das Dromedar.

Hunger! rief Herr Mänzig. Hättest du nicht ein paar billige T-Shirts fressen können?! Die Farben! sagte das Kamel.

Sie waren so erfrischend!

Warum frißt du nicht gleich meinen ganzen Laden auf?! brüllte Herr Mänzig.

Ich bin satt, sagte das Dromedar. Aber ich habe großen Durst!

Herr Mänzig führte das Dromedar zum Klo und betätigte die Spülung.

Das Dromedar trank gierig, aber gleichgültig.

Der Einzelhändler hatte so etwas noch nie gesehn. Er starrte auf das Tier. Was ist? fragte das Dromedar.

Wollen Sie auch mal trinken?

Nein, sagte Herr Mänzig, nein danke! Wenn ich durstig bin, dann trinke ich da drüben. Da drüben? staunte das Dromedar.

Hast du in deiner Boutique zwei Wasserstellen?

Herr Mänzig mußte lachen. Ja, ja! Zwei Wasserstellen!

Eine für den kleinen Durst und eine für den großen!

Verstehe, sagte das Kamel und ging zur Kasse.

Es stopfte das Wechselgeld in seinen Brustbeutel und wollte gehen.

Was soll das? rief Herr Mänzig. Ich helfe dir und du bestiehlst mich? Ist das bei euch im Orient so üblich?

Orient! lachte das Kamel. Du Trottel! Ich bin genauso deutsch wie du. Ich bin aus dem Frankfurter Zoo ausgebrochen. Ich bin in Deutschland geboren und hier aufgewachsen, und ich finde es nicht korrekt, daß du mich aus deinem Scheißhaus trinken läßt! Wer so gegen die Regeln der Gastfreundschaft verstößt, gehört bestraft. Los, gib mir dein ganzes Bargeld!

Raus jetzt! sagte der Einzelhändler. Raus!

Erst das Bargeld, sagte das Dromedar.

Der Einzelhändler ging ans Telefon. Hallo, hier Harry Mänzig! In meiner Boutique ist ein Kamel. Es hat mich überfallen und beraubt.

Noch was? fragte der Polizist und legte auf.

Sie werden gleich kommen und dich abholen, log Harry Mänzig. Dann geht es wieder in den Zoo!

Das Dromedar grinste. Es ging an die Regale, schnappte sich ein paar Diesel-Jeans und fraß sie auf. Harry Mänzig weinte.

Er steckte dem Kamel das Bargeld zu und öffnete die Tür.

Danke, sagte das Kamel und ging zum Bahnhof.

Der Einzelhändler setzte sich in sein Büro. Er goß sich einen Whisky ein und pfiff ein schnelles melancholisches Lied.

Das tat er immer, wenn die Umsätze nicht stimmten, und Harry Mänzig pfiff es nochmal, noch schneller und exakter, und er dachte:

Ist es nicht ein Wunder? Dieses Lied müßte mir eigentlich zum Hals raushängen, aber immer wieder reißt mich dieser atemberaubende Rhythmus mit, schlägt mich diese schlichte, großartige Melodik in ihren Bann!

Das hast du schön gesagt, Harry, lobte ihn der Whisky.

Doch Harry trank ihn aus. Er wollte jetzt mit keinem reden.